我见过

第37届青春诗会诗丛

《诗刊》社 编

张常美 著

长江出版传媒

长江文艺出版社

张常美

山西代县人，生于1982年秋，地质队工人，居山西大同。获诗探索第十七届华文青年诗人奖，出版诗集《不惑的绳结》（2021年，中国好诗第六季）。

目　录

第一辑

第四辑

第一辑

须臾之间

这么遥远的地方，居然看到一只
在故乡也曾遇见过的百足虫
光洁的身体平静、安详……
居然没有沾染一粒灰尘
看不出它走了多少路，少了几条腿
好像也没有经历过死亡前的挣扎和忏悔
一定也不会有赶来的亲人了
不会有悲伤和痛苦……
它短短的一生，似乎只是
在上午的晴空万里和下午的乌云密布之间
跑了一会儿。累了
就躺在铺天盖地的落叶中
休息一会儿。好像等缓过劲儿来
还会爬起身，揉揉眼
没有走完的路，还会接着走

橘 子

买橘子的时候，女儿喜欢挑
带着新鲜枝叶的
带得越多越好
好像这是额外的赠予
严寒的北方，它们一簇簇的
不像是就要被吃掉的果实
而是来自南方的礼物
是一棵遥远的树递向我们生活的
枝桠。枝桠中间
悬挂着一轮轮温暖的太阳
剥橘子的时候，她也会小心翼翼
留下完整的橘皮
像为一双正从千山万水飞回来的翅膀
留出的，一只小小的鸟巢

青　瓦

一片紧压着另一片，就像

日子挨着日子

如此密集。没有哪一片

能从中抽身而出

没有谁会像无所事事的我一样

在地面和屋顶之间

爬上爬下，拨开

瓦片般密集的叶子

察看一颗杏子的清晨和黄昏

如今，记忆的虚空中

依旧紧压着一片片青瓦

杏树却已不见了

为什么，一个孩子

仍要固执地抬起头

痴寻着，此生已配不上的清贫与白霜

多好啊

多好呀。一小片玉米苗

就像一个集体，我从来不单指哪一株

多好啊。一整片土地

我从来不单指哪一块，哪怕

竖满石碑的那一块

多好啊。波浪般的庄稼

把波浪般的群山推远

尽管凝固的天际线从来没有变幻过

群山如一道不规则的焊缝

多好的天际线啊。有鸟擦着缓缓飞过

多好啊。每天，同一个位置

我已站了很久

觉得还可以再站一生

多好啊！没有人看见。像玉米中任意的一株

旧衣服

在街上，你看见一件自己
遗忘在衣柜深处的衣服
套在了别人的身上
那是一件寒酸的、过时的外套
你盯着它落满灰尘的
皱巴巴的后背
跟着它，走过一小段路
看着它拐进一间陌生的房子
和几个你不认识的人打招呼
你真想拍拍它的肩膀
提醒它，藏好袖口上的烟洞
衣领边的磨痕
藏好那颗卑微而忐忑的心
你曾那么耐心，把它洗得干干净净
熨得服服帖帖，挂进了
一个谁也打不开的柜子里

油菜花

阳光下开着的油菜花，在黑暗中
还有没有耐心，仍旧那样热烈
去年，不远迢迢
在阳光里看过油菜花的人
相信他们还会来——
挑一个晴朗的好日子，带着
去年的相机和赞美
去年余兴未尽的人，或许还带来了
未曾领略过这壮阔的亲人、朋友
而守到人群散尽，花田凋敝
才会一头钻进油菜中间的
总是等着打籽、榨油的人
现在，还不到时候
还得像去年一样，远远地
立在田垄高处，像个草人
看着，欢欣的油菜花中间
欢欣的你们
默默祈求——
天气晴好、花籽饱满……
所有的人都是老了一岁的人
所有的花都曾死过无数回了

如果有谁折一枝。为什么还像是
折断了他旧伤未愈的肋骨
谁踩着一株油菜花
也还像是踩在他忐忑的心尖上

日子过得真快

是不是因为日历太廉价了
如果，每一页都换成金箔呢
金光闪闪的日子谁不留恋
如果撕掉的每一页
都是我们对世界的偿还
谁还敢像我曾经那样挥霍呢
如果，每过完的一年
都像是揭开一片惊悚的伤疤
我还得要一遍遍经过
一家老杂货铺，花几块钱
把尚未开始的明年买下来
贴在去年那片深不可测的苍白上

好景不长在

玉树琼花的背后，究竟
还藏着怎样更好的风景
趁着魔法尚未从指尖上消失
就急不可耐地
在窗玻璃上划出了一条小路
嘎吱嘎吱，踩着厚厚的冰雪
走了进去。才想起
落在人世间的你们。一切都迟了
一切都消失在了泥泞中——
那条路，那片白色的森林……
再也不能转述给谁了
当时，如果我喊了，忙碌中的你们
会不会抬起头，会不会
从那面镶嵌在我童年的玻璃跟上来

草 传

因为拒绝了春天，一些草被迫流亡
还有一些，太过执着于活着
而被囚禁于山顶
为了找到水，一些看起来单薄的草
已经把根扎进石头
有些草因为暴露了风
而被困在墙头鞭打
还有很多不知名的草
既不结果也不开花
只能让出肥沃的土地给了玉米、高粱
最可恨的草死抓着屋瓦
拔也拔不得，烧也烧不得
每一次，你去荒滩割草
裤腿或鞋总会带回胆大的蒺藜或疙针
在为羊羔铺开的筵席上

黄　河

拐了那么多弯，哪个弯
是犹疑，而哪一个是反悔
它究竟在我们中间翻找什么
走了这么远，这么久
我迎头碰上的时候
他灰头土脸，仓皇不堪
完全没有了一条河流该有的
澄澈的本义
它又遇见过什么
我们用坝堤将它拦住的时候
它咆哮着，又死命不从
究竟在大地上翻找到了什么
滚滚而来的必将滚滚而去
我们听见的喘息
皆是泥沙里挣扎而出的喘息
看见的迟滞也像是
拖着整片泛黄的大陆
羁旅之后，才有的，暮年的迟滞
或者，这么艰辛，只是
像我一样，为了避开谁也避不开的大海

广告牌

那块巨幅的房地产广告牌
应该有些年头了
因为悬挂在一条日渐没落的道路边上
再没有被替换下来
如果你还能看出广告上面房子的价格
你会后悔自己错过了太多
现在，那破旧的楼盘里
一只鸟窝占据着楼王的位置

我已站进闪电中

有时，看到天边遥远的闪电
我会感到绝望
它就像一道正在焊接的弧光
那些消失在天际线后面的
白云、炊烟、飞鸟和人影……
是不是再也回不来了
而有时我却隐隐盼望着
那怒吼，那霹雳……
仿佛困在天空背后的人们依然活着
已经蓄积了足够的力量
正一锤一凿把那铁幕砸开
现在我看见的闪电越来越近
有时候就在头顶炸响
是不是我已接近了天边
是不是我也该蓄积力量
和他们一起，完成这件大事
可为什么我却越来越力不从心
闪电响起的瞬间，为什么
总是克制不住自己的胆战心惊

数头发

这么无聊的事情，我自己永远不会做
尤其上了年纪，开始脱发
我会刻意，用这边的遮盖住那边的
用周围去掩饰中心
但风不会顾及你的感受
它来来去去
想把我的掩饰弄乱
每到风快要数清时
哪怕再忙，我也会腾出手来
再次整理好。不想让它得逞
就这样，我们倔强地僵持着
直到有一天，下决心剃了光头
那么大的风，我迎了出去
它却突然失去了兴趣
扒开那些警惕的头顶，它又数来数去
这么无聊的事情，大概只有风乐意

我见过

处决的枪声之后
总得有个人捂着胸口
倒下，缓慢而平静
仿佛对潦草的一生
有了悔意。那时
我仍耿耿于怀
但我看到过戏曲散场
他提着那把枪
重新爬起来，不是去复仇
而是归置进一口木箱
和处决他的人一起
抬上一辆卡车
唉。尘归尘，土归土
我脑海中那束微光
在空茫茫中，已追不上
那些远去的事物
我曾经见过的，是不是已经真正消失
——应该还不算。
之后，孤独是一张永久的封条
木箱般黑暗的身体里

仍存放着情节中必需的道具。

你的手，作为意外，还会偶尔搭上来

行路难

以前，为了探亲、访友、送一封家书
要走很远的路，或许会用掉一生
所以不妨慢一点
遇山绕一绕，遇雨停一停
遇见一片开得正艳的桃林可以坐下来
等桃子熟了，再上路
遇见猛虎当道，就先喝上几碗酒
再去死。现在呢
即使真的见了亲人、好友
也没有几句要说的话，没有留客的雪
没有送客的柳。现在的路
没有了风景和坎坷，甚至没有必须要见的人
现在的高速公路上，跑着一堆堆铁
现在的我从来不想上路

伐木记

院子里，一排长成的树刚刚伐了
掰着指头，他算了几遍
又趴在新鲜的断口处
数了几遍，依然对不上

——许多不明不白的日子
是树木凭空多出了记忆
还是他遗忘了什么

树木们诚实、可靠……口径一致
他已至孤身的暮年，不合群，也经常忘掉什么
究竟是谁错了？这让他心慌
然而，伐掉的树只负责记忆，不能开口

死无对证。有时候，确实该听信老话
挑个适合的日子。不这么匆忙
或许，他和树就不会有这唯一的分歧了

杜　鹃

杜鹃花是那么好看的花

杜鹃鸟是叫声那么好听的鸟

最好不过的是

看杜鹃花的时候

听见了杜鹃鸟的叫声

你从花丛中抬起头来

四处寻觅芳香的身影

侧着耳朵，你聆听

花瓣的蜜语

姓杜的女孩，你也该叫杜鹃吧

和这么好的花鸟们一起

挤在这么好的春天

就不要浪费杜鹃这么好听的名字

麦　香

劳累之后，捧在手里的馒头
与睡梦中嗅到的麦香肯定不一样
第一次被领进青郁的麦苗中
感受到的又是什么味道
我已完全不记得了
还没有学会像他们一样
在麦田里奔跑，我就老了
——他们是那些更老的人
曾经在麦浪中起起伏伏
轻如蝶叶。现在已经消失得无影无踪
我也想象过，麦浪中
直起腰身，又弯下的自己
被麦芒划破皮肤的自己
镰刀磨出老茧的自己
在凌晨的磨盘里，尖叫的麦粒
喊醒的自己和再也喊不醒的自己
一个四体不勤的人
赖在一片结满麦穗的床单上
为什么却再也嗅不见一丝麦香
为什么总有芒刺在背的不安和焦虑

无名巷

如果一座城市小到
只有两条街
那么，其中必定有一条
还得叫红旗街或者幸福大道……
剩下污水横流的那一条
才是我们的。但我们
又能起一个怎样响亮的名字
无非是拐子弯、马家胡同、庙后巷……
面对这条倔强的路，我们更懒得计较了
依着自己的性子
它一直走出去那么远了
还没有歇一会儿的意思
走出去那么远了
我们才想起来它还没有可以喊出口的名字

山顶上的湿地公园

站在阳台前，女儿

望着远处

那片白云被堆来堆去的山顶

问我，那里

准备修建什么

我没有抬头，就敷衍了她。

一个山顶上的湿地公园？

她再次兴奋地寻求确认

尽管她没看到湿地

也没有看见水

远远看去，在白云间

一架架风力发电机

真的像一只又一只扑腾着翅膀的白鸥

劫狱者

很多年没有看见翔集的鸟群了
哪怕是乌鸦，哪怕
是在深秋暮晚的旷野中
然而，这是一个晴朗的上午
看上去它们不像是来收割这片天空的
因为羽毛偶尔的反光
它们倒像是一阵不足以吹灭自己的风
当这群身着黑衣的死士
这群劫狱者般的乌鸦
集体吐出压在嗓子深处的石块
投掷于电线密布的郊外
一块玉米地中
那个孤身拾拣黄金的农人
会不会也突然感觉到
那种无名的
自古绵延有之的，就要逃脱般的欣慰

报　晓

晕晕沉沉的梦里

隐隐约约听到

几声嘹亮的鸡鸣

让我错觉

昨夜的农家乐

众人不约而同指认出的

最漂亮的那一只

趁我酒醉呕吐的间隙

逃出了喉咙

直到第二声、第三声……啼鸣不绝

我已完全清醒过来

恍然大悟。这绝不是一种意外或侥幸

因着恪守和天赋

自古的雄鸡都未曾惧怕过刀火

所有黑暗的喉咙

它都可以涉险过关

阴阳之间，是它引导着

历代沉默的灵魂们，出出进进

闲 田

春天，撒进去的麦种
刚到夏天就已经绿油油一片
曾经积雪深厚的田垄上
已看不见艰辛的脚印、疼痛的膝盖
得竖起耳朵，才听得见
曾经凄苦不堪的鸟鸣
变得这么欢欣
让你几乎以为过去是一场错觉
让你也怀疑去年
就眺望过的这块地
究竟收获过玉米还是高粱
一样的。反正是施肥，浇水，锄草……
坐在田埂上狠狠抽烟
轻轻抹汗，高声咒骂
若干年前，它荒着，人们匆匆经过
若干年后，它荒着，没有人抬手指认

黑暗中站着余兴未尽的人

烟花也是花。和所有花一样，也是
从泥土里往天空中开
黑暗往鲜艳里开
但它是唯一尖叫着开的花
我们得捂着耳朵听，要仰起脑袋看
烟花是开得太快的花
往往是，还没有一段虚空
用来想象它
来不及长出的茎
就又得抓住飘散的烟雾去比喻
它已经凋零的叶子
为着幸福，刚刚在这里开过的烟花
又得因为悲伤，去往那边开
匆匆忙忙的烟花是我们
总也看不够的花
是瞬间开向永恒的花
看过烟花之后的，呛鼻的
硫黄味的天空下
总是站着余兴未尽的人
握着从天空落回手里的半截

仍念念不忘地

寻找着，至今下落不明的那半截

醉 话

平生不善饮
也不解酒中滋味
但我希望
至少有那么一次
大醉。沙场取了人头
依旧能够挑着长枪
晃晃悠悠，归来
像为城头上的君王挑回了漫天风雪的大漠
像为守在梅树下的女子挑回大漠的漫天风雪

慢　慢

一些草，只有慢慢熬，才能熬出脾气
一把刀，只要慢慢磨，总会磨掉锋刃

那个磨刀人已病入膏肓，失手
打碎药罐之后，扶着拐杖看完墓地之后

空气中才慢慢弥散出苦苦的味道……

洗　脸

越用越小的香皂，越洗
越旧的脸。总有一只握着香皂的手
在不知所措的年纪
伸向我的脸，轻轻揉搓
刚刚过完的这个清晨
掬着一捧水，突然怔住的清晨
又闻到了多年前弥散的芳香
若有若无。这么多年，好像
我一直俯在一个热气腾腾的水盆前
等着另一只手
轻轻把我摁进去
那么清澈。好像从来没有过
泼溅进回忆的前半生
也不会有风尘仆仆的后半生

落花记

天气预报说半夜会有一场大雪
已经回暖的气温
会再次下降到零度以下
出门的时候要注意加衣保暖，注意……
但有谁会在半夜迫不及待
抛下臂弯里的亲爱的，出门
去赶一场大雪呢。
现在，我也只是隔着窗户看着
一树又一树影影绰绰的杏花
在若有若无的煦风中
因初生的欣喜而情不自禁战栗着
在今夜，它们就要
被铺天盖地的雪花覆盖——
这是花对花的覆盖，白对白的绞杀
究竟有什么要紧的事
让这一簇簇单薄的花朵
挤破黑黢黢的木枝
急不可耐地，去遭遇
短暂命运里一场白茫茫的大雪呢

鸟　纲

从混杂的叫声里，我分辨出了
这一种鸟和那一种鸟
从巢穴外的千山万水
我也认出了这里和那里
——翅膀也有种族和边疆
这一只和那一只，有时候是邻居
有时候是天敌
阴雨中的鸟不能飞进烈日下
危崖上蹲踞着的，不能独立于水面
你不能和我说话
所有的鸣叫都是孤鸣
天空吹来的风，数着鹰隼的羽毛
也数着鸵鸟寥寥的羽毛
看上去，只有孤独是它们共有的

生　命

有人以河养命，有人靠山为生
我曾见过住在地下的族类
他们做着一份更为危险的工作
偷劈地狱的柴
卖于人间为火
每天，他们都会脱掉厚重的皮囊
洗净头脸。来人间寻欢作乐
有一次，我也试着问起过
卖命的银子，为何要如此挥霍
他们笑而不答
其中一个骨头漆黑的家伙
哭着喊了一声：
他想在太阳下端详自己的脸！
想看看自己的银子到底是什么颜色
其他人突然慌了……
又把他死死摁回一个烟斗里

为 父

你们去往哪里，我就能跟到哪里

你们踩着悬崖的危石

揪扯一棵枯草的时候

我正蜷缩在你们父亲的那张老皮里

试图点燃一根手搓的烟卷

你们嚼碎的草，和我卷进纸里的没有什么不同

你们把我领进一场风雪

你们把我带回栅栏

你们依偎着睡去

我在隔壁。一个人，反刍

一日中积攒下来的苦涩和欢欣

第 二 辑

我能使……

我能使彩虹弯腰，从湖泊中啜饮蓝色
能使风止于炊烟、垂柳、少女的发梢
止于所有柔软事物所形成的意义的森林中
我能做的还可以更多
我能把世界从遥远的谜语里拖回来
拖进我内心的澄澈
我是光阴的制造者，洞悉一切美的秘密
但我不能暴露太多超能力
要慢下来，一点点，为余生积攒惊喜
活着不易。下一个春天
哪怕拄着一柄铁锹，我依旧会出神
开花的地方依旧在继续开花
不开花的地方落雪也无妨

我能回忆起来的冬天

我能回忆起来的冬天
并不比现在冷多少
但每一个冬天都会冻伤脚趾、耳朵……
我能回忆起来的自己
一直在冰天雪地的旷野中奔跑
直到那双不合脚的鞋慢慢湿透
我戴回来的帽子总是挂满枯叶和棘刺
直到它丢在了那里
我不得不折返的尽头
如今，轰隆隆开采着矿石
我以为已经熄灭在雪地里的火焰
越烧越旺，有人为之垒砌出高高的烟囱
我犹豫半天不敢涉足的村庄
其实养活着另一群差不多的孩子
耳朵生着冻疮，脸上涂满鼻涕

躲不过

我在这里活过，也在那里活过
为了躲避时间滴滴答答的追踪
群山和大海之间，我四处奔波

最小的时候是我最成功的一次
在母亲肚子里，我躲了九个月

她已不在，我已没有藏身之所
和我一起躲过的人都沉默不语
所有悲伤欢乐我们已不记得了

爱的八题

一

来人间历险。什么也没来得及带
一根绳子、一把梯子
一副可以唱歌的好嗓子……都没有
路过你打开的窗口，我才
突然爱上你的
庆幸自己什么也没有带
没有镜子、金币
没有你喜欢的手镯……
穷途末路的我可以直接说爱你

二

卑微的，渺小的。别人称之为
爱。一相遇，我们
就锅碗瓢盆，春种秋收
这样仓促的一生肯定是不够的
在应该的花树下
应该有未完待续的爱情

我们要一次次练习相遇和送别
如果你终于等来了那么一次
红鬃烈马，不要犹豫
紧紧搂住那副伤痕累累的身体吧
那个人依然是我
那未卜的前程也是我无数次许诺过的

三

……挤在电视前，挤在一枚硬币
就能照亮的茶几前
好山好水，都是别处的人间
两个被台词忘掉的演员
我们，在房子已经习惯的沉默中
同时把手伸向最后一块锅巴
也许，来生还要平淡、困顿……
相信你已能忍住
甚至不是这个国家，不在这颗星球
哪怕不能说话，静悄悄的两颗尘埃

四

有时候，清晨醒来，透过玻璃的阳光中
我仍会闭着眼眯一会儿
才缓缓和枕边人道一声早安

之前，我们说的最后一句话
是入睡前的晚安
这中间是各自失眠时的辗转反侧
是沉睡中长长的离别和各自的梦
有时候，我们会把梦里的情景说给彼此听
但大多时候不能
昨夜，在前朝的一场大雪里
我弃你而去。提着腰上空荡荡的剑走了一夜
关山万重，不曾驻足
一棵又一棵茅草
像茅屋里你的旧消息，被风捎至今日
现在，我也惊诧于梦中的自己
为什么要假装大丈夫，强忍住回头和流泪

五

在活着中练习死亡，每天老去一点
而死亡中，仍有人练习重新活回来

他们发誓要比曾经做得更好
我们能感觉到。瘦弱者在黑暗中举重

肥胖的人忍住了嘴巴，果园里
每一颗葡萄都被长跑者嗅过，饱含晶莹的泪珠

有人压住咳嗽，悄悄来过你梦里
不止一次。有时年轻，有时苍老

有时候是你没有见过的样子，你喊他
没有回答。一滴露珠，从世界的边缘吻过你

六

如果不是为了等到挚爱的人
怀抱鲜花的少年
不会在人间的冷风中站这么久
站成青铜或顽石
一日不见，那人便会老去一日
一生不见就老去一生
有幸再见时
他却依旧是少年模样
衣衫干净，没有落过尘埃
笑一笑，从他石化的怀抱里
捧出怒放的鲜花放进你的石头里

七

没有一件可以孤立存在的容器
一把勺子放在一个碗里
一口锅扣着

为了生活，我们

曾收集了那么多锅碗瓢盆

盛水的瓮，盛米的缸……

不是搬着这一件，就是举着那一件

拖着那么多容器，她走后

世间变得空空荡荡

就像一条用尽岸的河

她走后，我们才发现

自己也只是遗留在淤泥里的其中一件

八

你种下一棵树，到了春天

就绿意盎然。你刚刚学会

一个成语——满目疮痍

它就会悄悄用一场雪掩饰

站在雪中很久了

没有一个人能从天地的那一边走过来

问你为什么。为了讨好你

跑遍天涯海角的

鲜花又一次返回来，停在你脚下

我不是计划外的孩子

生完四个孩子，母亲就已经筋疲力尽了
不然，她还可以再生
一直到最后
她的爱都没有用完
这是个多么伟大的奇迹啊
从小，她就吃糠菜，背青草
一辈子都不停不歇挖土
风刮来的土，雨冲刷的土
唐宋元明清的土
她忍着多大的痛啊
没有把我生在
其中任何一个苦难的时代
没有把我生在
吃不惯的野菜里，听不懂的方言中……

独 享

你邀请的朋友们没有来
家里。玻璃透明，地板光滑
午后的阳光肆无忌惮
几乎翻遍了精心布置在客厅的
相册、果盘、花篮……
疲惫的脏衣服躺在洗衣机里
茶几细小的裂痕也被一块花布掩饰了起来
坐在沙发上，手里握着一面镜子
镜子里，是你从来没有
细心打量过的生活
丝毫没有窘迫、慌张和生活的皱纹……
伸向电话的手
在犹疑中又收了回来——
这么新鲜而陌生的时光
应该留给无所事事的自己独享一会儿

历来如此的爱情

我能想见，轻快的流水
把一瓣瓣鲜花
送到海阔天空的憧憬里
也能想见，历代的捣衣声里
流水变得黏稠、缓慢……
多少年过去了
仍汩汩讲述着一个
偷听来的故事
——总是花开的时节
那个不老的负心郎
一遍遍经过
少女们刚刚出落得大方的村庄
无人知晓，他去过哪里
经历过多少挽留
都知道他已用尽了全天下的辜负
都不说出来。少女们
抿着嘴唇，站在各自的石堤边
紧攥住影影绰绰的花枝，等着
再次不顾一切
爱上还会再次离开的他

那　时

无数汗毛中间
曾长出过唯一一根羽毛

已被我悄悄拔掉了。

那时，天空尚矮
人们还不屑飞翔

来去应无碍

这些天来，我也悄悄攒下一些星辰了
用尽它们，能不能买通菩萨？
赎回你在人世所受的苦难

这些天来，我忍住的泪水已经足够宽阔
几乎看不到边际了。且风涛已尽
岸再远你也不必担心往生舟会有丝毫颠簸

好了没？好了

幼儿园老师这样问孩子们
而音乐已经响起
没有人会在意队列是否依旧凌乱

好了没？好了
这样的问答一直在持续
语气越来越严厉

问话者的面目却越来越模糊
而我们依旧这样回答
依旧没有准备好

——很少有遗嘱用来表达爱
——很少有人看见遗嘱里的泪水

献　祭

我们的女人，怀上了神的孩子
肚子骄傲地膨胀着
已经掩饰不住。一座
需要一个父亲俯身
才能倾听神谕的庙宇
还没有出生，我们的爱也就掩饰不住了
我们的女人不得不
在血肉模糊的痛苦中含着笑
分娩小胳膊小腿的小神
我们不得不用尽所有的平庸
从那小小的眉眼中
慢慢认出，我们
都曾深恶痛绝的自己
以佐证我们，也曾是
母亲怀过的，神一样的孩子

我们不再等她回来了

我们卖掉了羊
她就不必再每天都背回青草了
背回一夜不歇的蟋蟀声和一条盘在梦里的大花蛇
田里的活计已使她疲惫不堪

为了她紧捏过的一根线头不再执着于穿过针眼
为了灯不再熬到深夜
我们穿上没有破洞的新衣服
也不再疯了一样，随便滚一身泥土

我们自己准备早餐，用水龙头里的水
而不是远处的水井挑来的
我们用筷子夹着买来的咸菜
买来的米，买来的面条

我们的筷子依旧夸张地碰响碗底
为避免她突然的呵斥，我们甚至搬了家

注定，这一生我是个好人

站在黑暗中，望着远处屋子里明亮的灯光
那是我的家，灯下围坐着我的亲人
在冬天的冷风中，刚干完一天的活计
我拖着一身疲惫走向那扇窗户
突然想起电影中的一幕
一个穿着长皮衣的男人。一个通缉犯，一个坏人
他也曾这样，隔着窗户
望了望自己的妻子、女儿
他转身消失在茫茫黑夜尽头之前
是整个悲剧让我感觉到最温暖的一幕

我的名字

一个男人怎么用着一个女人的名字
或许也是一个从来没有人用过的名字
这样一想，我更觉得自己孤独
如果哪一天连我也放弃了
这两个字将蒙着厚厚的尘土
或者干脆一点一点腐朽
如果它们不曾靠得那么近
我就不会被人找到，然后喊出来
这两个字也就不会遭受那么多屈辱和不堪
两个无辜的字——
一个是"常"，一个是"美"
它们本身就是爱和永恒，不需要其他任何字修饰

继　承

贫穷一生的父亲什么都没能留给他
除了怀里的那把二胡
只要坐在父亲坐过的地方
一只手轻轻搭到战栗的弓上
就像搭上了父亲佝偻的脊背
父亲悲凉的一生就会缓缓流经他的身体
他不得不继承下
这条窄窄的、艰辛的河流
他还必须继承下两岸
倒映的山岭和树木，淤积的卵石与泥沙
在一个悬崖般的音符边
他会突然停下
坝堤也拦不住的父亲
从他眼眶涌出，头也不回，向着前方……

梦

已经离开很久的亲人们和
尚未见识过世界的
亲人们。居然
在一个梦里团聚了。内敛、害羞的
他们，在一扇变幻的窗口后，一碰面
就格外亲热
忙碌的怀抱刚刚敞开
蹒跚学步的孩子就扑了进来
那些不得不松开的手
又紧紧握在一起，相互拍打着
端详着，悲剧没有一滴眼泪
欢乐不需述说
那些无法表达出来的
爱，经历过多少艰辛的岁月
也不曾减损过半分啊
每次，借着我沉沉睡去的身体
你们醒来。每次醒来后的不舍中
孤零零的我仍需经历一场漫长的告别

村　庄

路过我童年的人，都已四散在
远离我童年的路上
我们都将老死于大道空阔
怎样才能再次遇见你们，回答
童年时，让我哑口无言的那个问题——
怎样才能撩开一层层呛人的炊烟
怎样守住一个村庄
做一个好农民
安分守己，春耕秋收……
我现在有一个答案了。我必须得离开这里
找到你们，回答你们……

迟　到

你肯定会问，迟到的这些日子
我究竟在干什么
我被一只燕子堵在找你的春天里
它衔着我故乡的泥啊
来回盘旋，却找不到我的屋檐
我得把它领回记忆中
重新飞一遍。一去经年
还得为沿途的花朵一一命名
所有的开放都不能无名无分啊
我也是急匆匆起身，急匆匆赶路地
来到你的村口，天空就已经冻碎了
乱糟糟的星辰，那么容易割伤你的眼睛
我还得重新排列一遍
现在，我已站在你的屋檐下
漆黑一片，我们的相见不能没有太阳见证
我就等上一夜。顺便说给你这些
原谅我，若干年前就可以敲门了
若干年后，你才等来一张白发苍苍的脸

秋已深

成捆的庄稼已被骡子们驮下山梁
一面坡空了出来
野草枯萎了，零星的紫菀和鹅河菊还在怒放
花朵细小而繁盛

但不会太久了。世居于此的生灵们啊
是该放下慈悲的时候了
采花的采花，储粮的储粮

那只灰皮的老蝈蝈已经不会再演奏了
在它的紧盯下
柠条枝上的一滴露珠慢慢变成了白霜

草木之命

这些草木。和我一样,大概也是
远路风尘从西段景跋涉而来的
也是,在这片贫瘠的沙土中
刚刚站定。抬头就看见了
同样灰头土脸的我
惊愕、诧异。大概也不想
自己狼狈不堪的模样被熟人看到
也怕我带一个悲伤的消息
回家。烈日下,它们轻轻拍打着
彼此褴褛的衣衫
等我走近了,又齐刷刷地
把寒酸的果实亮了出来,我都看见了
我呀。和你们一样
暂时也不会回去。我呀,就是回去
也知道,该怎么骗过咱们的亲人

光从来不浪费自己

顺着一根在乡村房屋之间犹疑的线
走了这么远
从灯泡中正好出现的时候
是收工的人已经摸不到门闩的时候
在暗黑的屋檐下
他的女人一只手拽着灯绳
一只手掀开门帘
桌上的米粥、馒头、热菜、老酱……
他一抬眼就看到了
——一寸光阴一寸金。光
真的能把你喜欢的东西拢在一起

我已满足

白米饭里埋好一块肥肉。只有我知道
它有多美好。我总是不忍心一下子找到
有时候，筷子会轻轻碰一下它
然后去扒拉一口米饭。有时候
我的筷子故意躲开它
去狠狠扒拉一大口米饭
好像它是在埋头做梦，怎么也叫不醒
好像它已遍寻不见。但我知道
它在碗底静静等着
喉咙、舌头、筷子、手。中年的我
都准备好了。它才会突然出现
在碗底，仍是一块，仍热热乎乎
这时，米饭已经没有一粒了
我已耐心过完了简朴的一生
已配得上享用这最后的、丰盛的犒赏

这么好的阳光

这么好的阳光有些浪费

这么好的阳光下

应该有一个自私的小女人

——只爱自己的丈夫和孩子们

——只会做他们喜欢的饭菜

——只洗他们弄脏的衣服

在忙碌的间隙，抬起头来

看了一眼日头

擦了一把汗，又低下

如果时间足够

她可以在落满槐花的树荫下避一会儿

第三辑

失败的月亮

如果没有月亮,很多美就会失去
它的喻体。很多美,因为无法被转述
将在时光中白白耗尽
一枚月亮,已经被我们用了这么久
为什么每一次依然那么新鲜
一个无法用旧的比喻,照耀过
你的童年,他的暮年
从我们眼睛中,升起又落下
从低处的世间挣脱出来的——
一棵树,一座山,一整夜的凝视中……
好像只有在月亮的比喻里,你才能
认清自己的一生,同时
认出一个本体——
邈远、孤高……
总是试图从借来的光芒中抽身而去

我们关心的彼此

我们关心的事都发生在身边

我们不关心的事情

在千山万水之外

长一点，我们的快乐

似乎就可以越过这一生

被一代人转述给另一代

小一点，我们的悲伤

一堆看起来已经锈迹斑斑的针

仍紧紧吸附在心上

至死，不吐露给另一个人

我们的枕头挨着枕头

脸贴着脸。为什么

仍觉得荒漠瀚瀚

我们听着彼此轻轻藏好的心跳

为什么偶尔也还有雷霆轰响

我们不奢求细雨沙沙

连之后的触摸也是沙粒磨着沙粒

筑　墙

在记忆里筑一道墙。隔开
这里的蓝天和那里的乌云
玫瑰放在这一边，刀子藏在另一边
果实放在这里，果核吐向那里
不时端详和抚摸的，放在这一边
那些你总也放不下的
堆进再也不用惦记的另一边
这样想的时候，墙上就开了一道门
你可以随时推开门，随意
到快要遗忘的另一边
看一看。你曾看厌的，已变得新鲜、陌生……
深深拒绝过的，现在已能坦然接受
让你恐慌不安的
已经落满了安静的灰尘
这样多好啊！可以
轻轻合上它，可以随时打开它
哪怕你一生都不知道
自己其实一直待在墙的那一边
哪怕你也知道，在费力想象出的墙上
再想象一扇门，有多难

月色几分

天黑后，我们也不点灯
轻言细语，一只萤火虫就可以用上很多年

蛐蛐的叫声抬起青石台阶赶路
一座房子怎么老的？

青瓦里长出咳嗽的蛇
一点一点，舔亮了山墙上的月牙

奶奶从故事里拉出一个旧蒲团
比月亮大一圈。现在想来
也还有几分月色笼在上面……

小 僧

有一壶酒，在古寺的香炉上温着
深夜惊醒的人闻得到

有一卷经，山风中青白翻动
老鼠替打盹的沙弥念着

又一个春夜，万物醒来
疯长的胡须辜负着明晃晃的月亮

他捻去烛火，天就亮了
一棵松托着云往山的深处挪了挪

莫名……

有时候一睁眼，天下已经大白
黑夜收走的万物
又晾在了我们熟悉的大地上
跟昨天一样严丝合缝
只是老了一些，旧了一些
——是和我们一起慢慢老旧的
这让我们安心
但有时候不这样，有时候
昨天还怒放的花
到了今天就不知道落向了哪里
到了明天，说不准
我们也就睁不开眼睛了
睁不开眼睛，曾经的万物
还会不会等在那里
我们空出来的地方又会晾着什么
这就是我们总也不敢
信誓旦旦，向明天保证什么的原因
这是我们每一次睁开眼睛，看着
已经在太阳下晾晒过无数遍的旧东西
仍觉得莫名欢欣的原因

我的河流

我的河流在一条直线里
寻找流淌。没有
坝堤，岛屿……
不会突然顿住或分心
没有岸告别，没有桥遇见
没有拐弯，没有支流
没有犹豫和溢出
我的河流甚至不知道
自己是在前进还是后退
直到干涸，我的河流
都没有遇见你们说起过的大海
所以，它分不清楚
哪一端才是自己的源头

墓志铭

很多人都已提前写好了墓志铭

仿佛这死亡唯一的馈赠

谁都不想白白浪费

提前将轻飘飘的一生

托付给一块可以经历更多风雨的石头

从此就有了无牵挂的肉身

多么可笑啊！他们

不知道自己还要

在对往事的一再反悔中

活很久，直到耗尽所有的热情

在修改的锤錾中，很多石头

很多此前拿捏再三的词语

变成了扬散的齑粉

很多活到最后的人

实在没有多余的力气涂改什么了

就那么一头扎进笔画堆积的黑暗里

仿佛此前什么都没有发生

偶尔经过的人，为什么仍能

从石头边拾捡到一些零落的偏旁

共同体

为什么，非要在这一株的枝干上
接上另一株的枝条
还非要给不会说话的她
安插一颗跳动的心
在自己里活着已经够艰辛了
为什么还要给她枝枝叶叶
旁逸斜出。给她拖泥带水，藕断丝连
给她披上一张血淋淋的皮
为什么非要用这一个
去比喻那一个。反过来，又用
那个暗指这个。为什么我们
总得在万物之间找到点联系
才安心。我已经厌烦了这样的嫁接
甲是甲，乙是乙。多好啊
一群蚂蚁面临灭顶之灾的时候
一个闲人还能坐在窗前煮茶听雨

故事里的人

从一个戛然而止的故事中
幸存下来，该是一件多么悲凉的事
我也遇见过这样的人
戏服上散发着陈旧的味道
用故事里的腔调和我搭话
好像我们都是来历不明的古人
而他似乎知晓了我们所有的秘密
或者，在更多的喃喃自语里
数落一些凭空消失的人
这么急匆匆的人间
注定报不了所有的恩情
也追不回所有的欠债了
不管情不情愿
他都带着那么多悬念
走在故事外的歧途上
他虚幻的脸挂了一些洗不净的油彩
又吸附着我们这里百无聊赖的灰尘

暮年的阅读

我能想见这样的场景——
灯下，一个白发矍铄的老人
从昏睡中醒来
轻轻扶了扶眼镜
拾起滑落到脚踝边的书
又喃喃读出了自己
梦境中刚刚改写过的，温良恬淡的一生
想见这些，我甚至
也会像你们一样
爱上她。但她绝不是我的母亲
我的母亲也识字
却从来没有谁见过她阅读的样子
那些年，被母亲聚拢在灯下的
都是些什么啊——
混在沙砾中的谷子
几只血肉模糊，刚刚生产的猪仔
一堆不知该贴在哪里的
慌张的补丁……
直到最后灯火熄灭，这世上
也没有谁递给过她一本
值得停下手中活计，耐心阅读的书

陶　俑

一支小小的、纪律严明的部队
小小的人骑着小小的马
执着小戟，举着小旗
整装待发。完全不像是在展览自己

朝代几经更迭
这队陶俑仿佛是走小的
他们满身裂纹
一路上，再没有领受战功和奖罚

除了剥落的油彩
已经没有什么值得坚守的了
除了那几行关于身世的模糊介绍
再没有可以供人议论的了

他们紧绷着脸，充耳不闻
玻璃外面的世界
他们竖着耳朵
仿佛等着谁的一声解散

星空下

曾独坐在偌大的星空下

燃着几根老木头

做伴。我以为会噼啪作响

在岑寂中制造一点动静

谁知它们已经完全哑掉了

没有一粒火星

迸溅，升向它们曾经熙熙攘攘的天空

火苗也像虚弱的脉搏

在漫长的黑夜随时会断掉的样子

可我多喜欢这样的若有若无啊

在这么大的黑暗中

星空和万物都懂得了谦卑

站在世界的中心，也像站在宇宙的尽头

夜晚的矫情

关了灯……拉好窗帘。黑暗
取消了所有被光芒看厌的摆设
在想象中,我搭了一顶帐篷
帐篷背后,留了一台电风扇
风,逆着春天
吹动着帐篷的每一根锚绳
想象中的旷野被扯得生疼
想象中的天空没有一颗星星亮着
我打开那把你们没有打开过的手电筒
阅读摊在膝盖上的
一本关于荒野求生的书
你们不知道,想象中的自己该有多喜欢啊
在活不下去的危机中
学习活下去的技巧
而不是躺在器物中
困惑于为什么要活下去
我还会沿着想象中没膝的积雪
走到那面群星跌落的悬崖边
一边迎风撒尿,一边吹出不屑的口哨

春日有寄

同一个春天，我已写过几回了
几乎都是虚伪的抒情
其实，即使春天来了，也潦潦草草
像是敷衍。赶到故乡的时候
似乎已经筋疲力尽了
我们贴上窗花，就算春天了
路牙边，太阳没有舔尽的残冰
我们踩碎了就算春天
一个蜷缩在炉火边的人
喊醒他，再次送走他，就算春天了
我们着急忙慌，用日夜不停的流水线
替代了没有解冻的流水
用陶盆里的花朵撑开四面八方
我们异口同声说春天来过了
既不等待春雨的灌溉，也不接受野花的迟缓

这　里

这里下过一场疾雨的云
又到别处
继续去下雨

这里，收过玉米的土地
又长出了西瓜的新芽

这里，一个儿子
拄着一柄长锄
模仿亡父当年的疲态，出了一会儿神

走在桥上的人

是匆匆忙忙走过很远的路
才来到水边的
过了这座桥
还有多远的路要赶
桥上的他们走得很缓慢
像是在小憩
甚至会停下来，指指点点
仿佛流水也有过失
仿佛慢一点，流水
就会带走一些
在人群里，他们无法隐藏的东西

我身上肯定有神不满足的部分

随意的造物主啊，它不在乎我长得丑
大概也没有注意我灵魂上日渐加深的黑斑

它有足够的时间擦拭我
却遗忘了。直到每一条皱纹里长满污垢

一个懦弱的人，一生都不会向它讨要说法

作为神，只负责在我们忏悔的时候打盹
在春风扬起的时候打扫干净撒落的骨灰

在日子里

我住的这间房子不是这栋楼的中心
这栋楼也不是这个小区的中心
小区的中心是一个小喷泉
每到中午，音乐响起
水花会准时溅满孩子们嬉戏的脸
仿佛这些孩子才是宇宙的中心
连阳光也追着他们四处乱跑
而看护孩子的老者们在皱纹里藏得太深了
阳光也懒得把他们从树荫里翻拣出来
他们端详着孩子的目光让人心惊
那里仿佛一个黑洞
有一种摄取时光的能力
那里模糊一片。既没有中心，也没有边缘

墨水瓶

如果还能回忆起那时候的书桌
你的心头一定还搁着
一只舍不得扔掉的墨水瓶
它不是放在书桌的这一边
就是立在另一角
一定压着一沓你不舍得丢弃的稿纸
经历过沉闷而冗长的雷电
你一笔一画写下的
海阔天空，现在已经混沌一片
像是伏在彼此的遗体里痛哭过一场
你曾摸遍全身，想拔出
那支插回童年口袋里的钢笔
蘸取瓶子里的最后几滴墨
写下前半生苦思冥想
而猜不出来的结局。现在
因为越来越明了
反而拒绝着墨水瓶的含糊不清……

在塞外

风太大。如果走得慢一些
你挑进篮子里的苦菜
就只剩下了苦
落在你身后的羊群
就像被谁撕碎的纸片一样
在风中乱飞。如果再慢一会儿
你捎给谁的口信
"噢……"一声应答
之后。石头一样，压在心上的
爱恨情仇也就无影无踪了
所以，无论顶着多大的风
走着怎样艰辛的路
我看见的都是急匆匆的
不知道要去往哪里的赶路人

有一天，我会头也不回……

已经很久了，窗外
叽叽喳喳，不知道是什么鸟
像是又在喊我了
像以前那样
如果我扯开嗓子回应
它们，还是会突然怔住
或惊飞。多奇怪啊
在越来越碎，越来越急的鸟鸣中
我只能掩住自己的喉咙
是不是，见过
我梦里不小心晾开的翅膀之后
已认定我是它们的同类
深信，某一天
蜷在屋子里的我
会从这具沉重的、铁锈的身体里
振翅而出。现在，它们
就这么执着、耐心地
守着不会鸣叫的
没有翅膀的我
一声一声，就要把我深埋

让人心慌的春天

一到春天，谁都闲不住了
去年的枯茎里还藏着冰碴
今年的草芽就急不可耐拱破了春泥
阳光强烈，看不清
蜜蜂还是苍蝇，这里、那里
没头没脑地乱打探
眼瞧着树头一会儿比一会儿青了
开花的，急着用香味标注自己的身份
发芽的，迅速以浓荫圈出自己的领地
墙头上猫嚎春，河滩里鸟求偶
急有什么用？安慰自己有什么用
还是有些心慌。却不知道该干点什么
只能在满地狼藉的记忆里
举起镢头胡乱刨几下，好像
这里真的埋下过什么似的
还要假装擦一把汗
好像身体真的有一片开始融化的冰川
脱了这一件衣服，就没得再脱了
紧捂着口罩的嘴巴，还会
禁不住小声嘀咕，这狗日的天气
冷起来那么快，热起来也这么快

第四辑

泳……

青蛙只会蛙泳，而蝴蝶
从来不敢靠近水面
我们学会狗刨，完全是在危急之中
在水里，从来没有
一种自由的游泳姿势
从这边到另一边
也不是开始到结束
所以，我们仍需一遍一遍练习
直到打捞的人放弃了
他们坐在一只更小的杯子边
为获得一片更大的江湖而狂喜着
而淹死的人仍在不甘地拍打
水面。一片浪花
在这边和那边同时浮了上来
两只空鞋带走了你熟悉的两岸
荒草合拢，你来不及认识的事物在暗处鼓掌

刀

赊刀人在我心头撂下

一把开过刃的刀

就匆匆忙忙离开了

约定的时间已经过去了很久

他还没有回来

或许,他早忘了

或许半路遇上了意外,生死不明

这几乎微不足道的

所欠,搅得我心神不宁

铁定无望偿还的

一把刀。不能光明正大亮出来

割、斩、切、削……

不能和身边人说:这刀是我的……

赊刀人撂下一把刀

此后,渺无音信。而我

紧贴着一把刀,时时刻刻

思忖着,该怎样才能

避开心跳也可能招来的血肉之灾

安　慰

我们不厌其烦的语言仍旧不能
让一个盲人认识一朵花
我们的路也不会把他领进一座花园
在盲人那里，我们的表达
总会遇见哑巴一样的麻烦
美的遗憾是无法传递给所有人
——活着的和死去的
什么阻断了我们的分享
你嗅到的是什么
而他摸到的又是什么
有人在花丛中落泪了我们却不知道为什么
有些花手舞足蹈
哪个方向吹来的风也不能使它们平静下来

黄　昏

风很大，从不安的树枝上
我猜测，窗外
一定也很冷
除了费力投掷出去的目光
其余的我颓在椅子里
紧偎着一炉火
隔着窗户，一只麻雀
待在树枝上。像一枚摇摇欲坠的果实
小小的，裸露的爪子
紧抠着树枝
我的目光也不会击落它
待在动荡的炉火边
我眼眶里没有一根可靠的枝条
垂下来。暗下来的火焰
仍紧抠着我灰烬般的影子不放

不存在的封面和封底

如果我们看过同一个孤本

然后，穷尽终生，也无法解开其中一些情节

无法消除它带给我们各自的困惑

而我们又来不及认识

惋惜吗？也不必。朋友，那时

我们已经合上了书

风已经吹熄了灯

万籁俱寂中，一声叹息

应该能够听见遥远的另一声。像彼此的回音

可疑的不朽

有人宣称自己是上帝派来的
有人发誓被魔鬼训练过

那又如何？不过是想让你
放弃一些，去坚持另外一些

敌人安插在我们中间的卧底隐蔽得太深了
有时候，喃喃自语都显得可疑

有时候，手已缩进了袖口
眼睛却又禁不住往远处探了探

必须承认，自己的嘴巴
总是在讨好别人的心

写什么也绕来绕去，最后
总是词不达意或言不由衷

读到这首小诗的时候，你没有读到真诚
是因为我总是想着怎样不朽

沉默教给我的……

你也会好奇，怎么
在石头们之间
我就无趣地耽搁了半生
和石头说话，对石头流泪
蹲在石头们中间发呆
头发斑驳。却几乎
要变成了一块最年轻的石头
唉，还是没有
还是会东张西望，四顾犹疑
害怕突然的雷声和游蛇
面对风炮和钢钎时
还是做不到石头那样的气定神闲
在最狂热的故事里，我见过
最硬的石头，烧了那么久
烧得火都熄灭了
仍旧没有变成他们想要的土豆

往山中去

跟直堂堂的大道比起来
那行在胆怯中犹疑的路
拨开草木才寻得见

跟嘈杂的演唱会不一样
那好听的鸟鸣
屏了息才愿意让你听

那条涧流还没有学会澎湃
不会裹挟、冲刷……
因为不需要岸，总是在左右躲闪

这里没有什么是多余的
除了你兴奋的呐喊
被崖壁一次次送回来

经　历

练习多年之后，我已理解

飞翔的艰辛。我终于放弃了

飞翔需要翅膀，而我没有

在每一个黑夜，在褪掉鳍之后的

无数年里，在一张旧床上

我似乎依然能感知到水下憋屈的生活

被困在人群中这么久了

和你们一样，我解放出来的双手

又能用来干些什么呢

没有一匹马让我拿起过鞭子

没有一块土地让我磨亮镰刀

没有一座教堂

让无所事事的我双手合十

在胸前，祈祷和忏悔

不像任何一座山，一条河。我

没有来龙，也没有去脉

拿不出像样的简历

漫长的一生

居然无法构成一个完整的事件

我不是没完没了哼着一首别人的歌

就是在恶狠狠诅咒一个无辜的人

哎……

现在，可以用了。那些
你们准备好的叹息

哎。已经如此，或者应该如此
也不过是从来如此

现在，站在远离我的位置
揣着那些本来要送给我的叹息

你们又一次准备好。为另一个
还没有被任何一种命运认领的孩子

修　行

后半辈子是不够了……来生吧

来生，先把一张脸修出五官

不要像现在，没有嘴

不能小声附和，也不能

大声诅咒或赞美

没有眼睛、耳朵、鼻子……

没有远方，没有呼啸而至。没有胸口

可以佩戴勋章或

一朵战栗的花……

不会红了脸，不能跪下来

死乞白赖，为一件无足轻重的事

求一尊铁石心肠的神

没有纵横的城府，藏污纳垢

不知道该爱什么，去恨谁

在浸泡迷幻药的大海上

在纸扎一样单薄的太阳下

在一群尚未修炼成形的石头中间

飘忽不定的今生啊

只想为来生赎一副清晰的脸庞

算　命

宁愿相信一个瞎子

替我挑出的，随便的一种命运

宁愿和那么多人

一起，被简单归类

——我们是一拨的

就像密麻麻的果子

挤在同一个枝头

也不想结局早已注定

自己却被蒙在鼓中

在一个并不精彩的故事里

拼命挣扎。好像真的能创造一种奇迹

不要施舍给我哪怕一点点

意外的甜。让我忘乎所以

以为自己已经逃脱了

这贫瘠的土地上，所有生生死死

也只使用几个模糊的词

勤劳、勇敢、温良、敦厚……

再次转世，为什么我仍愿意成为这样的人

为猪、为狗、为牛为马

也无不可。成为一棵树、一片云、一条溪流……

一出生结局就清晰明朗

不必再背负任何一种

凡人的，却自觉莫测的命运

笼

我是在屋子里听见鸟鸣的
从一扇开向我的窗户
几只麻雀看见了我
而后喳喳议论着
颤巍巍的树枝上，我体会不到
你们那种久违的，惊心动魄的喜悦
我听见的鸟鸣是看向我的鸟
一粒粒投给我的米
是饵料。我这个沉默的人啊
为什么不拒绝你们害怕的笼子
为什么还拼命要
把自己反锁在一间更小的
叫作"我"的屋子里……
谁喊也不答应，谁救也不出去

一口井

我们去传说中看一口井
其中一个喝过井水的人
说，水甜得像含着蜜
又有打过水的人
说起提水的艰辛——
一根绳子藏着蜜蜂们的刺
俯身向下，在幽深的水中
浮萍如缕缕长发
遂想起，一个跳井而亡的妇人
这大概也只是一个专属于水井的传说
那一刻，我真的害怕
一张惨白的脸会突然从水底的天空转过来
和我浸泡在水中的脸一起
凝视着神情已经有些惶恐的我
那一刻，真的觉得那口井
就像蜂巢般的大地上，其中一个
被遗弃的一个眼
总有一只蜜蜂会突然从死寂中飞出了
带着它积攒的蜜，也带着它所有的毒……

风景谈

这里是剑劈石，那里是马踏湖
当初的陷阱、盗洞、弹坑……
风沙淤平之后
草木又精心掩埋了几遍
传说，总是占用着最奢侈的时光
摩肩接踵的过客们，都会沿着
自己假想中的穷途末路
走下去。一会儿，假装是个剑客
在溪水边解下腰上的宝剑小憩
一会儿假装是个书生
跟着化为鸣蝉的先哲一起阅读凋零的树叶

蒙 古

最懦弱的孩子也得学会扯紧寒风的鬃毛

漫漫征途，也得试着

把一柄尖刀送进旷野的肋骨

也得饮一肚子烈酒

轻轻把冻僵的双手拢上去

也要用窄窄的喉咙逼远压低的天空

星辰在眼中闪烁，每一颗都是成吉思汗的心

颓 坐

那些曾经受困于饥寒之苦的人
没有一个会再次回来
带着美好的结局，跪在它脚下
感恩。当然也不再有谁
再向它祈祷早餐了
对幸福，尘世又有了新的
更高的定义标准
从越来越多，越来越丰厚的贡品
我们可以看得出来
显然，它也遇到了棘手的难题
几乎是刁难了——
在越来越厚重的烟火中
它有了越来越迷茫的表情

影 子

谢谢那些死掉的人，他们
把自己不舍的影子留了下来
在如此美好的阳光中
得以固定我
日渐破损的身躯
避免了风浪和暴雨。每一天
清晨的挺拔和黄昏的狭长
有没有细微的差别
尽管我现在仍完全分不出来
烈日下，它蜷缩回脚下时
我仍然一遍遍安慰它
这让我觉得自己还不是最苦的
黑夜里，它会淹没我
让我觉得，每具身体都是
一座遗忘的楼兰或庞贝
所有经历过的生活都是值得的
若干年后，会重新大白于天下

这就是孩子们

一片微风就能掀动的

枪林弹雨里

孩子们淘气地窜来窜去

他们喜欢。模糊的

扣人心弦的情节中

影子也能发出清晰的尖叫

——这就是孩子们

子弹穿过他们的身体而毫发无损

散场以后,在幕布的后面

真的就是这些孩子们

拣到了发烫的弹壳

并从中吮吸出最后一丝硝烟

捷 径

我们都应该有一条捷径
只是，被什么一次次拦住了？
究竟是什么
在来路，乐此不疲
伟大造山者们的群峰之下
我在内心营造的也是
曲曲折折的庭院。假山、影壁……
是不是害怕被一眼看穿
门楣上，已经死掉的
牡丹、如意、葫芦、象和麒麟……
我们这些没有千山万水的人
需要的究竟是不是迷途
我们沉浸于其中的，是不是
几棵隔断着开始和结束的翠竹

车站一瞥

一个人在不停看表，他的时间很重要

一个人原地踱步，他的运动很重要

一个人紧紧夹着一只包

包里面有什么？他的包很重要

一个清洁工，埋着头

他的工作很重要

一个人对着玻璃中模糊的自己

捋了捋头发，他的形象很重要

一个人着急忙慌，为

就要过安检的女儿递了一瓶水

一个人蹲在那里，手伸在衣兜里

摸摸索索，一根香烟

一只狗窜来窜去

它的焦虑不像我们——

因为毫无掩饰，反而没有人注意到

一座最北的城市

最北的城市，紧贴着

冰封的地平线

阳光爬上我们身体的时候

已经虚弱不堪

总是无尽的黄昏，总是冬天

每个人都呵护着一簇簇

摇摆不定的蜡烛

祖训之下

我们的手不敢再向北指指点点

我们的目光也害怕被冻结

所以，我们看见的鸟都往南坠去

所有飘向这里的云

在无声的撞击中

粉碎。雪落了下来

淹没孩子们战战兢兢的梦

稍有不慎，就会结成厚厚的坚冰

一座最北边的城市

每个人都不知道该怎样睁开冻僵的眼睛

几乎为零的可能性

野地里，遇见狼的可能性
如果你逗留得再久一点
遇见鬼的可能性
在闪烁磷火的犹疑中，走着绕着
就有走投无路的可能性
睡在床上，埋进塌陷的天空下
这些几乎为零的
可能性。造就我们庸常而拖沓的一生

沙……

崖壁上，曾经一块块
松动的石头
滚落。现在，肯定也还有
满怀心思的石头
正费力地往外拔着脚
看上去的完整，看不见松动
只要看不见，石头再大
也就没有了重击
没有了崩离之痛，奔波之苦
听不见喘息的江水
在白流。我们
在流水已经缓下来的下游
在已经用完石头和咆哮的
河岸边。能看见
一条孤零零的捞沙船
泊在靠近崖壁的浅滩上
等着沙子慢慢涌来
趁着这间隙，一个人坐在船舷上抽烟

春 分

在白天和黑夜的手之间
这总被递来递去的
时间，轮转里的我们
不是在烈日下苦熬，就得在寒夜中蜷缩
一个人用不完的时间该递给谁
大多数时候，我总是
被自己拦在黑夜里，想一些乱七八糟的
明知无用，却不由自主
仿佛只是为了把多余的精力耗尽
以后不应该这样了，该学会
把更多的时间用在阳光中
出力流汗，已经迟了
一个人时间已经越用越少
我们已经被黑夜越用越熟练
在人生的分水岭上
我看见，身后的光明已经卷起
而眼前的黑夜正在慢慢堆积

我

再大的床，我也只是蜷缩在自己里
铁了心要成为自己的块垒
怨自己，恨自己，爱
别人来不及爱上的自己
再辽阔的大地，对一只昆虫
也没有什么说服力
我希望自己越小越好
小到不值得一滴无辜的眼泪
小到要在显微镜下
才能查看自己的得失
偶尔抬头，天空的凸面镜下
却愈感自己的渺小
在如此艰辛的人间，我也
只是蠕动了一小会儿
光明撤走的黑夜，不无谓恐慌
那么多星辰，不愿结识其中一个

人间小天堂

死亡那边有什么，我越来越好奇
你们指给我的前程已经不吸引我了
所有的事情大可慢慢来
容许现在的困顿延伸到将至的暮年
哪怕疾病会从明天开始
最后的草药失效，还有星空的药片
你们经过我身边，说老不死的
你们经过我身边，就像经过空无
不计较这些了。我取来石头、木柴、水
我构筑我乌云下的小天堂
我钻进我的小天堂，如一尊小神
倾盆大雨中，替奔跑的你们担心
也为自己窃喜。雨点明亮
踩乱你们的灯火
到了我也不得不起身离开的时辰
希望有人能笑着扶起我
并吹熄我点在天堂里的小灯盏

图书在版编目（CIP）数据

我见过 / 张常美著. -- 武汉：长江文艺出版社，
2021.9

（第 37 届青春诗会诗丛）

ISBN 978-7-5702-2272-8

Ⅰ. ①我… Ⅱ. ①张… Ⅲ. ①诗集－中国－当代
Ⅳ. ①I227

中国版本图书馆 CIP 数据核字（2021）第 127030 号

我见过
WO JIAN GUO

特约编辑：姚晓斐

责任编辑：谈　骁　　　　　　　　责任校对：毛　娟

封面设计：璞　间　　　　　　　　责任印制：邱　莉　　王光兴

出版　长江出版传媒　　长江文艺出版社

地址：武汉市雄楚大街 268 号　　　邮编：430070

发行：长江文艺出版社

http://www.cjlap.com

印刷：中印南方印刷有限公司

开本：850 毫米×1168 毫米　　1/32　　印张：4.25　　插页：4 页

版次：2021 年 9 月第 1 版　　　　2021 年 9 月第 1 次印刷

行数：2196 行

定价：46.00 元